咩咩叫的獅子

THE BLEATING LION

文/瑪麗雅‧羅瑞塔‧吉拉多　圖/施薇雅‧法布里斯　譯/陳綾

很久很久以前，有一頭以為自己是羊的獅子。

他小的時候就被牧羊人收留、養育，他的媽媽是羊，兄弟姊妹是羊，好朋友也當然是……羊。

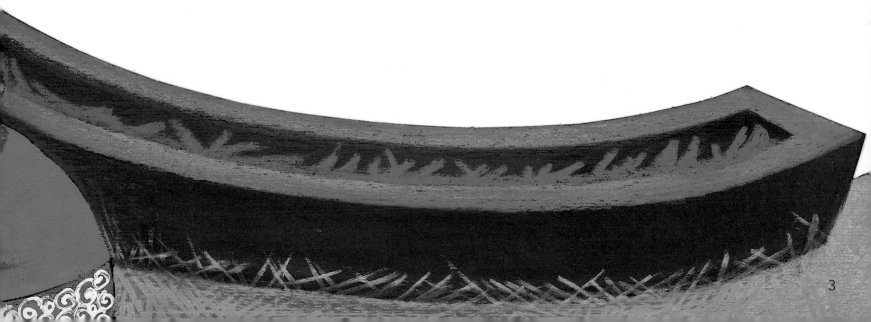

　　這頭以為自己是羊的獅子，從小
到大所吃的，都是山上柔嫩的青草，
和其他的羊沒有兩樣。他還會發出咩
咩的叫聲，就像隻小羊一樣。

有一天，來了一隻鬣狗。

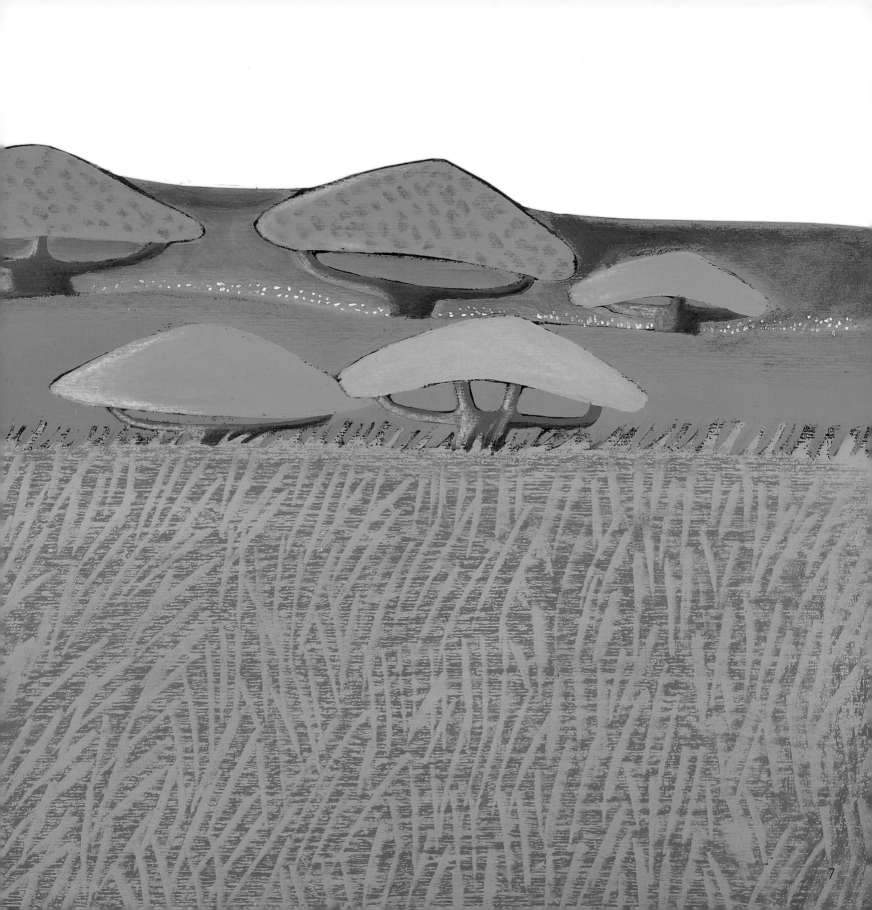

鬣狗發現獅子竟然和羊群和樂融融的一起吃草，還不時咩咩的叫著。

鬣狗心想：這頭獅子不知道自己的真實身分吧？那麼就讓我來告訴他怎麼樣才叫作真正的獅子，教他吼叫以及如何打獵。這麼一來，他一定會好好答謝我。

鬣狗慢慢走近獅子，告訴他其實他是萬獸之王，而不是羊。

鬣狗對獅子說：「你到河邊看看自己的倒影，就會明白了。」

來到河邊的獅子看著倒影，第一次發現自己原來是這麼的雄壯威武。他甩了甩鬃毛，高興得咩咩叫了起來。

鬣狗在一旁哈哈大笑：「獅子是不會咩咩叫的！真正的獅子是用吼的。」

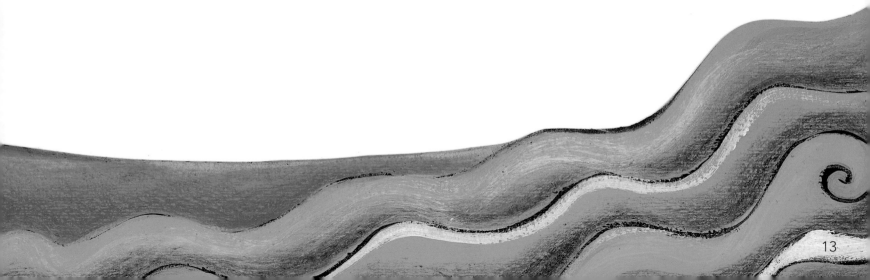

　　獅子深深吸了一口氣，然後發出一陣驚天動地、震耳欲聾的吼叫聲。

羊群嚇得立刻四處逃竄。

獅子感到很疑惑：「大家怎麼全跑走了？」

鬣狗問：「他們要去哪裡，和你沒有關係吧？」

獅子說：「他們是我的兄弟姊妹和朋友，我每天都跟他們一起吃草、一起咩咩叫的呀！」

「獅子不吃草，」鬣狗說：「獅子都吃其他的動物！」

「真的嗎？」獅子問：「獅子都吃其他的動物？」

鬣狗回答：「沒錯！」

「所有的動物嗎？」

「各種動物！」

獅子接著問：「也包括鬣狗嗎？」

鬣狗突然害怕起來。「你該不會想吃鬣狗吧？」

鬣狗不想被獅子吃掉，所以立刻逃之夭夭。

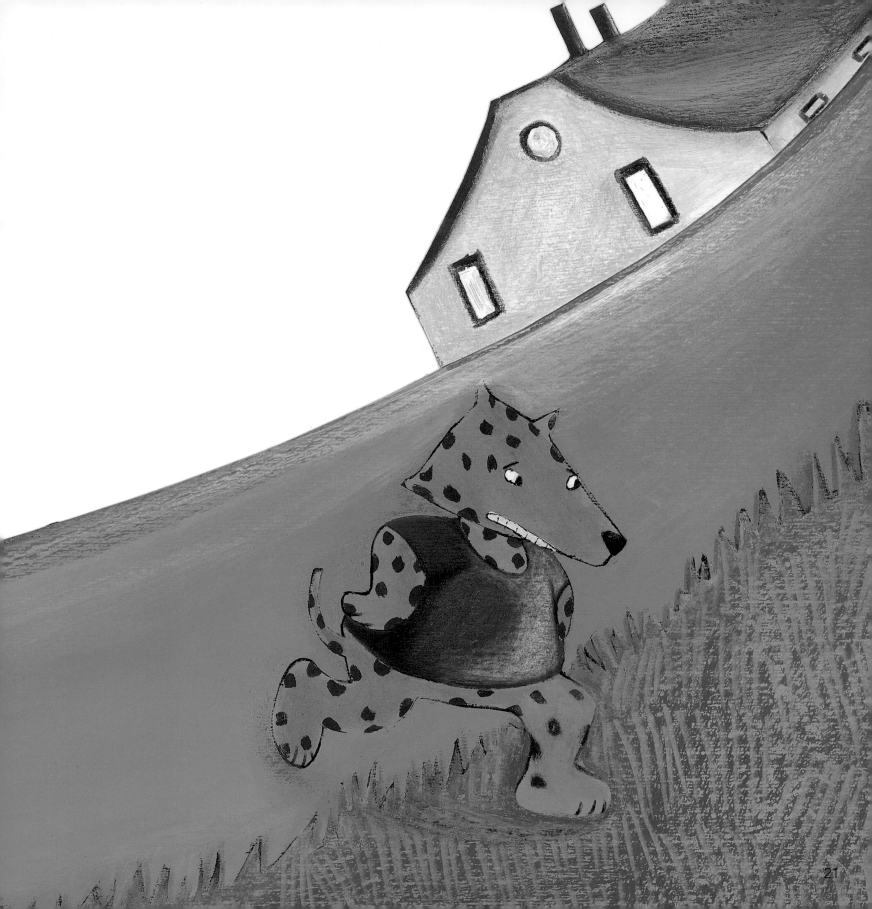

　　獅子覺得莫名其妙。「我正要告
訴他我不喜歡他的味道呢，我才不想
吃那麼可怕的東西！沒有什麼比跟家
人一起在山上吃草更教人開心的了。」

　　獅子寧可當擁有許多朋友的羊，
也不願意成為威風卻嚇人的獅子王。
所以他回到羊群裡，和家人繼續過著
快樂的日子。

從《咩咩叫的獅子》看當代家庭重組與家人強者

台東大學兒童文學研究所助理教授
葛容均

　　《咩咩叫的獅子》可能會讓大小讀者聯想到其他相關作品，例如：宮西達也的《你看起來很好吃》、陳致元的《Guji-Guji》、桑達克的《野獸國》，以及安徒生經典童話《醜小鴨》。除了原作《醜小鴨》非屬繪本類型，並暫且不論前述各繪本在繪畫風格上的特色與差異，這些作品所提供的文學故事本身的確分享一些共性，也就是兒童文學普遍關注的幾項議題：「家」的組成與關於「家」的歸屬感、自我認同與他者認同的重要性。

　　當《醜小鴨》、《野獸國》與《你看起來很好吃》暗示著「家」的組成其正當性和這正當性所能帶來的「持久幸福」須以「同類聚合」為前提(或結局)，《咩咩叫的獅子》更近似於《Guji-Guji》，甚至小說作品如露薏絲‧勞瑞的《威樂比這一家》。這類作品在在提出不同於以往的現當代家庭觀，亦即「家庭重組」的可能性。威樂比這家孩子能夠主動拋棄自私自利、沒有愛心的血親父母，並與另一個家庭重組成學習付出友愛關懷的大家庭，而獅子與羊、鱷魚與鴨也可以拋開自然(或社會)食物鏈框架中那弱肉強食的權力關係，重新組成和樂融融的另類家庭。這樣的兒童故事挑戰血親自然、同類至尊、非我族類其心必異等家庭組成的意識形態，並樂見重組家庭所能給予的正向價值。

　　若我們進一步說「適者生存」是家庭重組的重要關鍵，那麼，這「適者」的定義需要被重新審視或翻新。像《咩咩叫的獅子》和《Guji-Guji》這類作品告訴我們，「適者」須首先是「自在舒適，能夠自我悅納，以悅納他者及被他者悅納之人」。而要成為「適者」，更須先誠實或坦然面對內在與外在自我。在《咩咩叫的獅子》和《Guji-Guji》故事中，「壞角」並非「異類」，反而是「同類」(同屬肉食性動物的鬣狗、鱷魚們)的逼近與論述能夠促使主角照見自我；不分中外，兩部作品內都有主角藉由水中鏡像，進而認識自我、定位屬於自我歸屬感的關鍵時刻與畫面。固然同類讓人放心，但只接受同類、排斥或打壓異己容易使我們僵化思維，甚至成為一丘之貉，最後落得沒有選擇而得狼狽為奸的下場，相較之下，能夠悅納自己的「異類」或者經由自我選擇而加以悅納的異己，說不定能為人生帶來不一樣的存在感及樂趣。《咩咩叫的獅子》和《Guji-Guji》中的獅子、鱷魚與鴨皆能勇於選擇自我能夠認同的形象及想要歸屬的家族關係，可謂當代家庭重組的動物寓言。

　　《咩咩叫的獅子》充滿南歐色調濃烈熱情、對比用色乾脆鮮明的繪畫風格，其看似簡單的構圖卻多採用富有寓意或暗示的幾何圖形，如頁8至頁9圖中背景，簡單鮮明的層次感勾勒出由鳥兒、獅子與羊所構成的「同心」圓幾何結構，而即將逼近的威脅——鬣狗被安置於同心圓外延邊緣，綠樹壓擠姿態則暗示鬣狗蓄勢待發。更具特色的，是繪者大膽使用大弧形，或切割或拉扯或層次化每幅頁面背景，挑戰大小讀者的觀賞視界。我也欣賞頁14圖中，在獅子檢視自己水中鏡像過後的一聲河東獅吼，誇大的頭部特寫讓圖像發聲：這不是一隻刻意被作者與繪者先行弱化過後才能與羊為伍的獅子！頁14圖像聲明這是隻足夠有能力震懾群物的萬獸之尊，而持有強者本質，卻能夠在與所選擇的家人相處間放掉強勢，這才是真正的強者與家人。

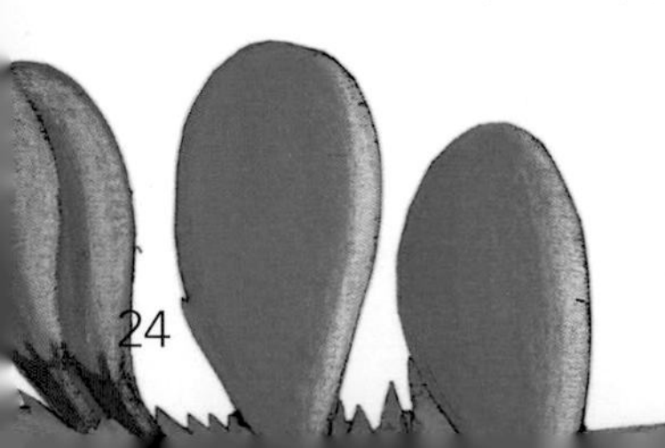

文／瑪麗雅‧羅瑞塔‧吉拉多

圖／施薇雅‧法布里斯

譯／陳綾

主編／胡琇雅　執行編輯／陳俐妤　美編／蘇怡方

董事長、總經理／趙政岷

出版者／時報文化出版企業股份有限公司

10803 台北市和平西路三段 240 號 7 樓

發行專線／（02）2306-6842

讀者服務專線／ 0800-231-705、（02）2304-7103

讀者服務傳真／（02）2304-6858

郵撥／ 1934-4724 時報文化出版公司

信箱／台北郵政 79~ 99 信箱

時報悅讀網／ www.readingtimes.com.tw

電子郵件信箱／ ctliving@readingtimes.com.tw

法律顧問／理律法律事務所陳長文律師、李念祖律師

印刷／和楹印刷股份有限公司

初版一刷／ 2016 年 5 月 27 日

定價／新台幣 240 元

行政院新聞局局版北市業字第八〇號